TROU NOIR

Camille de Archangelis

TROU NOIR

Le Code de la propriété intellectuelle interdit les copies ou reproductions destinées à une utilisation collective. Toute représentation ou reproduction intégrale ou partielle faite par quelque procédé que ce soit, sans le consentement de l'auteur ou de ses ayants cause, est illicite et constitue une contrefaçon sanctionnée par les articles L.335-2 et suivants du Code de la propriété intellectuelle.

© 2010, Camille de Archangelis
Edition : Books on Demand, 12/14 rond-point des Champs-Elysées, 75008 Paris, France
Impression : Books on Demand, 22848 Norderstedt, Allemagne
ISBN : 978-2-8106-1131-7
Dépôt légal : mai 2010

Goussainville, janvier 1975

de gauche à droite :
Walter Pietropoli, Camille de Archangelis, Michel Boudvin et Jean-Pierre Smodis
Assis : Rodolph Geraci

Du même auteur :

Le mal d'amour, 1973, **É**ditions Caractères
Les armes du silence, 1976, **É**ditions Caractères
Éclats de mémoire, 1998, **La** Bartavelle Éditeur
À la croisée des chemins, 2002, **É**ditions La Bruyère
Le funambule au pied bot, 2006, **É**ditions ARCAM

Pour contacter l'auteur : camilledearchangelis@free.fr

*Si tu vois une chèvre devant la tanière du lion,
aie crainte de la chèvre.*

Amadou Hampâté Bâ
Religieux, ethnologue, poète et conteur peul
(1900 - 1991)

Tandis que le soleil couchant empourpre l'horizon, je confie mon destin à la tigresse noire aux yeux vert émeraude dont la bouche lippue ensorcelle ma verge et me donne l'envie de combattre l'arrogante châtelaine qui défait son manteau à col de chinchilla pour allaiter en string un enfant trisomique.

Alors, sous le regard haineux d'une svelte lesbienne, j'encourage le farouche dompteur qui sodomise au bord de la falaise une garce aux longs cheveux roux dont le tatouage, ornant la fesse gauche, ressemble à s'y méprendre à celui de ma bru.

Mais, déjà, un sournois marabout interrompt mon fantasme et m'entraîne derrière la haie bordant un chemin creux pour me faire assister au viol de ma soeur, avant de m'octroyer le droit de rejoindre un lugubre manoir où je pourrai enfin assouvir ma vengeance en arrachant sans honte le bustier de cuir noir de la superbe épouse de mon frère jumeau.

041   Je me souviens encor de la chambre d'un bouge
      De ses cheveux bouclés et de son corps d'albâtre
      De sa montre pendue à un sautoir d'or rouge
      Et du fauteuil moelleux d'un hôtel de La Châtre.

069   Sous le regard perçant d'un laquais vicieux
      Elle laisse glisser son manteau de fourrure
      Et pour me faire absoudre un combat glorieux
      Elle retire enfin la clef de la serrure.

202   Pendant qu'une traînée me dévoile ses charmes
      Sur une route étroite en dehors du hameau
      J'insulte la comtesse aux yeux rougis de larmes
      Qui se donne en pâture à mon frère jumeau.

227   Dans le sinistre hôtel où une fée séjourne
      J'expose les raisons de ma haine secrète
      En m'approchant du lit où elle se retourne
      Pour se mettre avec grâce en position levrette.

089   Oubliant sans remords un cruel désaveu
      Je regagne exalté la chambre contiguë
      À celle de ma soeur, pour attendre l'aveu
      Que me laisse entrevoir sa réponse ambiguë.

066   Dans le sombre parking du casino d'Enghien
          Je contemple une gueuse au sourire immuable
          Qui se courbe devant son frère consanguin
          Pour lui prêter la clef d'un but inavouable.

014   Je regarde en buvant un verre d'eau potable
          L'escalier de service à la rampe en sapin
          Où s'accroche sans peur la femme d'un notable
          Pour exaucer le vœu d'un sournois galopin.

085   Dans le port où conduit un chemin de traverse
          J'abandonne à regret ma bouteille d'absinthe
          Pour comprendre le choix d'une muse perverse
          Et implorer Satan pour qu'elle tombe enceinte.

002   Meurtrie par les baisers d'une putain hargneuse
          Au cœur d'une forêt de bouleaux et de charmes
          Devant un immigré à la moue dédaigneuse
          Blême, elle se rhabille en refoulant ses larmes.

187   J'observe en sanglotant la femme audacieuse
          Qui remet à sa place un couteau en vermeil
          Et déchire sans honte une image pieuse
          Pour briser un tabou à nul autre pareil.

034 Elle s'adosse nue au tronc d'un chêne-liège
   M'adressant par défi un regard langoureux
   Pour que, malgré ma peur, je tombe dans le piège
   Et apaise sa faim d'un repas savoureux.

013 Sous le regard haineux d'une grande prêtresse
   Qui recouvre d'humus des signes maléfiques
   Je désigne à ma sœur une svelte négresse
   Afin qu'elle s'adonne à des plaisirs saphiques.

043 Pour retarder l'épreuve, elle sort d'un tiroir
   Une serviette en toile et une pierre ponce
   Et, dénouant sa tresse en face d'un miroir
   Me lance un regard torve en guise de réponse.

223 Elle ajoute à mon oeuvre une abrupte épigraphe
   Et rejoint près du feu la ligne de départ
   En déclamant les vers d'un auteur pornographe
   Pour que j'ose arracher son body léopard.

130 Dans le froid living-room au plafond lézardé
   J'observe sans blêmir même si je recule
   La jeune mulâtresse au torse dénudé
   Qui attend à genoux que son frère éjacule.

062   Comment vaincre sans haine une femme volage
         Qui retire à nouveau son gilet bleu marine
         Dans une vieille ferme en dehors du village
         Pour étancher la soif de ma soeur utérine.

238   J'observe à contrecoeur derrière un puits à sec
         L'élève studieux au visage inconnu
         Qui retire son short pour s'accoupler avec
         La mère de l'enfant que je n'ai jamais eu.

039   Devant le tableau noir de la salle de classe
         Sous les regards furtifs de gamins délurés
         Elle dénoue avec un visage de glace
         Le ruban qui retient ses longs cheveux dorés.

083   Alors que se dévêt un fruste régisseur
         Je regarde un bateau voguant à l'horizon
         Et le galbe parfait des jambes de ma soeur
         Pour atteindre mon but sans perdre la raison.

065   Elle tire en sueur les rideaux de cretonne
         De la chambre glacée d'un hôtel de Turin
         En recouvrant de braise un parcours monotone
         Pour jouir dans les bras de son frère utérin.

151 J'observe en pyjama la goule aux yeux de braise
Qui verse dans mon bock le sang d'un tamanoir
Et me fait oublier le poids du nombre treize
En dégrafant soudain son bustier de cuir noir.

031 Près du chemin qui longe une forêt ombreuse
J'attends, ivre d'amour, l'heure du crépuscule
Pour verser sur le seuil d'une histoire scabreuse
Le sang du Gabonais que ma soeur émascule.

118 En avalant d'un trait mon bol de café noir
Et alors que soudain la tempête redouble
J'hésite à escorter vers un hideux manoir
La femme presque nue dont le regard me trouble.

075 Sans craindre le projet d'un hardi moussaillon
Par un mot univoque, elle accepte le gage
Et, gardant par défi son pieux médaillon
Elle s'accoude nue à un froid bastingage.

121 Dans les méandres bleus d'une infinie détresse
Je repose soudain mon sceptre et ma gamelle
Pour empoigner le bras d'une svelte négresse
Et lui faire l'amour devant ma soeur jumelle.

004   Adossée au cosy de ma grisâtre chambre
        Dont les rideaux crasseux tamisent la lumière
        Elle oubliera le froid d'un matin de décembre
        Pour accomplir de force une œuvre coutumière.

096   En m'approchant du lit aux draps de satin rose
        Où consulte sa montre une femme trop sage
        J'accroche mon dégoût sur le vieillard morose
        Qui de son doigt noueux m'indique le passage.

248   En retrait de la plage où danse la biguine
        Une frêle inconnue dans sa robe de moire
        Je savoure déjà l'union consanguine
        Qu'ordonne un marabout en brûlant mon grimoire.

199   Je laisse carte blanche à de nouveaux voisins
        Pour inclure à mon oeuvre une âcre poésie
        En surveillant derrière une haie de fusains
        La nonne au ventre rond qu'un lépreux rassasie.

073   J'observe sans blêmir près d'un chemin de croix
        Une déesse rousse aux longs cheveux soyeux
        Qui fait d'un air hagard le signe de la croix
        Et relève sa jupe en détournant les yeux.

186 **D**ans le jardin étroit d'un hôtel monégasque
Où traîne dans la boue un mouchoir parfumé
J'attends qu'une salope enlève enfin son masque
Pour rejoindre ma soeur dans un bal costumé.

201 **E**n recouvrant d'un voile une rose trémière
Je délaisse une veuve au charme sulfureux
Pour rejoindre un manchot dans la vieille chaumière
Où ma soeur ingurgite un repas plantureux.

061 **À** l'ultime détour d'un chemin forestier
J'accepte avec frayeur un travail de titan
Pour la garce aux yeux verts qui sur un ton altier
M'impose de choisir entre Dieu et Satan.

204 **J**'abandonne ma croix, mon glaive et ma sébile
En haut de l'escalier d'un sombre pavillon
Pour mordre jusqu'au sang la tigresse nubile
Qui délace par jeu son bustier vermillon.

070 **J**'observe avec terreur la femme désirable
Qui dégrafe par jeu sa robe blanche à traîne
Et m'oblige à promettre un duel mémorable
Avant de s'adosser à une armoire en frêne.

003   Suffoquant de colère, elle braque les yeux
Vers celui qui déjà tire à la courte paille
Et jette avec froideur sur un terrain crayeux
Un permis de séjour et une natte en paille.

200   Alors qu'elle remet son boléro carmin
Je m'abreuve avec joie d'un mauvais stimulant
Pour ne pas condamner l'audacieux gamin
Qui propose à ma bru un repas succulent.

239   J'observe dans la nuit la sainte désirable
Qui écoute l'aveu d'un amour éperdu
Et s'accroche au barreau d'une échelle en érable
Pour m'octroyer sans honte un plaisir défendu.

060   En frissonnant de peur, livide elle m'adjure
De renoncer enfin à mon projet hideux
Et me donne le droit d'accomplir la gageure
D'interrompre à jamais un parcours hasardeux.

231   Il interrompt soudain mon nébuleux discours
En s'octroyant l'honneur de prendre par derrière
Une gouine en tchador qui m'appelle au secours
Dans le couloir obscur où je marche en arrière.

126   Sans oublier l'enjeu de l'étape suivante
J'abandonne une fée muette de stupeur
Pour suspendre l'envol d'une jeune servante
Dont le regard lascif exacerbe ma peur.

058   Je réprouve le choix, en écumant de rage
De la femme aux yeux pers revêtue d'un treillis
Qui attend sous un pont que s'achève l'orage
Pour entraîner ma sœur à l'orée des taillis.

129   Avant de déposer mon bulletin dans l'urne
J'éloigne le bâtard que sa mère néglige
Pour, dans l'ultime assaut d'une joute nocturne
Rompre le châtiment qu'un nègre lui inflige.

078   Pendant qu'un maraudeur la toise avec dédain
J'encourage à mi-voix la fougueuse princesse
Qui dénoue les lacets de ses bottes en daim
Pour m'offrir en sanglots une infâme grossesse.

104   Au fond de l'entrepôt où règne un bruit d'enfer
J'applaudis à tout rompre un prêtre vaniteux
Qui torture ma soeur dans la cage de fer
Où réclame son dû un enfant souffreteux.

046   Foudroyant du regard l'enfant né avant terme
        Elle évoque la pluie tombant sur Le Tréport
        Son bras gauche tordu par un valet de ferme
        Et ses cris mélangés aux grognements des porcs.

184   Sur un sentier bourbeux longeant le précipice
        J'accompagne une muse à la pourpre toison
        Pour guetter un signal ou le moment propice
        Avant d'émettre un voeu contraire à la raison.

107   Dans la marge du rêve où j'avance à genoux
        J'indique de l'index une ombre aux yeux pervenche
        À l'homme de couleur qui remet son burnous
        En m'accordant le droit de prendre ma revanche.

172   Avant de me rasseoir sur une chaise instable
        J'arrache de mon cou un vieux porte-bonheur
        Pour observer sans honte une louve indomptable
        Et le bourreau joufflu qui venge mon honneur.

005   Entraînée dans la soue d'une lointaine ferme
        Par un collégien au sourire narquois
        Elle recrache en pleurs quelques gouttes de sperme
        Pour contraindre son frère à demander pourquoi.

067   Je contemple une fée à la mine sévère
        Qui accepte mon but sans la moindre exigence
        Et pose son regard sur un phallus en verre
        En m'octroyant le droit d'assouvir ma vengeance.

236   Sous les arches d'un pont qui enjambe le Rhône
        Je surveille une barque amarrée à la berge
        Pour obéir au voeu d'une frêle amazone
        Dont la bouche lippue ensorcelle ma verge.

117   Devant une tigresse aux yeux bordés de khôl
        Qui m'incite soudain à commettre un parjure
        Je tarde à reboucher ma bouteille d'alcool
        Pour comprendre les mots d'une cruelle injure.

103   Près de l'hôtel de passe où mène une ruelle
        J'évoque avec angoisse une sourde névrose
        En dévorant des yeux la déesse cruelle
        Qui défait un bouton de son chemisier rose.

190   Je repose avec soin ma douce bassinoire
        Délaissant un travail que ma bru veut parfaire
        Pour épancher mon coeur à la tigresse noire
        Qui étouffe un sanglot et m'enjoint de me taire.

079   Au coeur du bois ombreux où serpente un ruisseau
        Elle accepte le coût d'un lugubre voyage
        Pour combler le désir du probe jouvenceau
        Qui l'entraîne inquiet vers un lit de feuillage.

028   Devant une catin qui enfile sa veste
        Honteux, je me résigne à jouer de malchance
        Et remplaçant mon choix par une erreur funeste
        Je refuse le coût d'une seconde chance.

116   En versant dans mon bock du sirop de guimauve
        J'observe avec dégoût une athlète superbe
        Qui ôte lentement son soutien-gorge mauve
        Pour m'offrir la raison de la coucher dans l'herbe.

170   J'observe la catin que mon frère idolâtre
        Et qui m'offre un savon gagné à la kermesse
        Avant de se courber en s'approchant de l'âtre
        Pour remettre une bûche et tenir sa promesse.

196   J'avance cependant, la démarche incertaine
        Le regard à la fois sombre et admiratif
        Dans la chaude maison d'une contrée lointaine
        Où ma soeur effectue un travail lucratif.

167 Dans un pré verdoyant aux abords du manoir
  Et tandis que s'approche un farouche garçon
  Elle enlève déjà son manteau de cuir noir
  Pour me donner en string sa première leçon.

094 Dans la cabane en bois qui jouxte le donjon
  Puisqu'il me faut encor réfréner mon désir
  Je m'éloigne en sueur d'une natte de jonc
  Pour ne pas contempler son visage rosir.

224 J'observe la jument qu'un négrier chevauche
  En écrasant mes vers dans la fange d'un ru
  Et dont le tatouage ornant l'épaule gauche
  Me paraît identique à celui de ma bru.

071 Devant une catin qui a presque mon âge
  Je rajoute un aveu en bas d'un palimpseste
  Pendant qu'avec ardeur elle ôte son corsage
  Et brise d'un regard le tabou de l'inceste.

131 Alors que se rapproche une autre Congolaise
  Je détourne les yeux de la bête féroce
  Qui accule ma soeur au bord de la falaise
  Pour lui faire subir une douleur atroce.

035   Je toise sans complexe une svelte amazone
      Dont les cheveux de jais soulignent la pâleur
      Exigeant qu'elle m'offre aux abords de la zone
      L'incontestable droit de prouver ma valeur.

183   Je muselle sans joie une féroce chienne
      Pour verser un bidon rempli d'huile bouillante
      Sur le corps sculptural d'une adroite lesbienne
      Dont la douleur éteint le remords qui me hante.

213   Auprès d'une salope aux yeux luisants de fièvre
      Qui jette mes quatrains sur une loi inique
      Je laisse sans frayeur mon verre de genièvre
      Pour changer en inceste un amour platonique.

209   Sur le chaud matelas d'un logement sordide
      J'étale avec angoisse un torchon pelucheux
      En regardant de biais la salope candide
      Qui dévoile son corps à un enfant grincheux.

020   Pendant que les tisons se consument dans l'âtre
      J'admire avec effroi la probe créature
      Aux cheveux blond cendré et à la peau d'albâtre
      Qui d'un air ingénu, déboucle ma ceinture.

194   J'énumère mes voeux à l'ingrate écuyère
        Qui laisse dans un box son superbe alezan
        Pour jouir en sanglots dans un lit de bruyère
        Sous les coups de boutoir d'un fruste paysan.

150   Dans le jardin herbeux d'une sombre masure
        J'appelle à mon secours un ribaud inflexible
        Que j'invite à cesser de battre la mesure
        Et de prendre à revers une garce invincible.

181   En mouillant de salive une rugueuse bague
        Je condamne en sanglots le farouche dresseur
        Qui m'invite à m'asseoir au bord du terrain vague
        Pour me faire assister au viol de ma soeur.

011   Près de l'étang que longe un chemin caillouteux
        Elle ôte de son doigt une bague en platine
        Pour tenter de la vendre aux gamins loqueteux
        Qui arrachent vexés son manteau de ratine.

045   Sous une pergola recouverte de lierre
        J'allège le fardeau d'un songe inachevé
        En fixant dans les yeux la svelte bachelière
        Qui ôte sans pudeur son blue-jean délavé.

156   En troquant mon destin contre un choix arbitraire
       Je condamne une louve au charme capiteux
       Qui murmure en sanglots le prénom de mon frère
       Pour joindre à ma victoire un souvenir honteux.

142   Dans un hôtel miteux, je boucle ma valise
       Alors que presque soûl, un vrai guérillero
       Raconte avec emphase aux abords d'une église
       L'abominable exploit dont je suis le héros.

072   Je referme en sueur la porte de la grange
       Pour joindre à mon discours un combat fratricide
       Contre une nymphomane à la jupette orange
       Dont le regard vitreux annonce mon suicide.

218   J'observe la panthère au masque de velours
       Que j'apprivoise avec une extrême douceur
       Et dont le torse nu auprès d'un abat-jour
       Ressemble à s'y méprendre à celui de ma soeur.

168   Dans l'ultime sursaut d'une existence terne
       J'achève à l'encre rouge un calcul algébrique
       Près du comptoir de zinc de la vieille taverne
       Où ma soeur exécute une danse lubrique.

232   J'effleure entre les seins d'une louve admirable
      Un bijou contenant le portrait du négus
      Tandis qu'elle m'entraîne à l'ombre d'un érable
      Pour me troquer son dieu contre un cunnilingus.

157   Au terme d'un discours qui me tient en haleine
      Elle évoque sans honte un sentiment impur
      Et retire en sueur son pull-over en laine
      En m'octroyant le droit de jouer à coup sûr.

192   J'observe les couleurs que la nuit juxtapose
      Alors que se rassoit un garçon débrouillard
      Pour attendre nerveux que ma soeur me propose
      De jouer du bâton ou à colin-maillard.

110   En bourrant de cailloux ma pipe en magnésite
      Près d'un sentier abrupt au flanc de la montagne
      Je pardonne à mi-voix la gaupe qui hésite
      À reprendre le jeu ou à ceindre son pagne.

206   J'abandonne soudain la maison de campagne
      Où pour me satisfaire un paysan arrache
      La robe en muselets de bouchons de champagne
      De la fille aux yeux clairs dont ma bru s'amourache.

054 **D**ans l'immense forêt où le Crould prend sa source
   Je recompte au milieu d'une courte prière
   La somme convenue qu'un négrillon débourse
   Pour téter les seins blancs d'une pauvre ouvrière.

022 **U**n peu avant l'aurore, elle s'expose nue
   Près d'une cheminée en marbre de carrare
   En expliquant son choix à la jeune ingénue
   Qui recourbe une flèche enduite de curare.

133 **T**andis que mon beau-frère avance en tapinois
   J'attends qu'une putain me donne son accord
   Pour admirer le jeu du manoeuvre sournois
   Qui promet sans mentir de battre mon record.

205 **J**e féconde à regret l'hôtesse qui me soigne
   En observant en nage une joute instructive
   Avec le fol espoir que la bête s'éloigne
   Et me laisse le corps de ma soeur adoptive.

128 **S**ur le tertre où s'allonge une femme infidèle
   Puisque sans le vouloir j'ai atteint l'âge mûr
   J'ai le choix de ramper vers une citadelle
   Où de mettre le feu dans un tunnel obscur.

091 J'abjurerai ma foi près de la basilique
En plongeant dans l'éther mon âge et ma laideur
Pour la jeune Angolaise au sourire angélique
Dont le regard m'insuffle une nouvelle ardeur.

093 Une corde de chanvre au-dessous d'une poutre
Pour oublier la peur qu'engendre mon tourment
Et enfin la déesse au long manteau de loutre
Dont l'audace m'oblige à rompre mon serment.

025 Près du feu qui rougeoie, je contemple anxieux
La sournoise étrangère en tenue de latex
Qui propose à voix basse un combat glorieux
En m'indiquant du doigt un outil en silex.

208 Mêlant mon désespoir à l'exquise anisette
Qu'un jeune serviteur verse dans ma coupelle
Je rassure épuisé la femme aux yeux noisette
Qui caresse en sanglots le manche d'une pelle.

119 Je discerne au travers d'un rideau de bambou
Le tracteur vert-de-gris qu'une garce remise
Pendant qu'une négresse enlève son boubou
Et attend près du feu que je la sodomise.

162   Dans le sombre manoir d'un ignoble vicomte
        Je condamne ma soeur par la porte entrouverte
        Dont je m'éloigne enfin en rougissant de honte
        Pour détacher mes yeux de sa chemise ouverte.

246   Mon aveu enfoui sous un poème en prose
        Que dans sa robe blanche une sainte édulcore
        Un flacon de liqueur devant un laurier-rose
        Et le désir charnel que je réprime encore.

195   Pendant qu'une indigène aux yeux vert émeraude
        Jette sur mon ouvrage une visqueuse glose
        J'appelle d'un doigt lourd un taxi en maraude
        Pour rejoindre ma bru dans une maison close.

098   Sur la berge d'un fleuve aux abords de la ville
        Qu'un soleil radieux plonge dans la torpeur
        J'énonce ma requête à une fée servile
        Dont le regard brûlant exorcise ma peur.

114   Dans la cave exiguë d'une maison bourgeoise
        Où habillé de noir, je reste à me morfondre
        J'interroge en yiddish la jeune villageoise
        Qui verrouille la porte avant de me répondre.

229   En desserrant le noeud de ma cravate rose
      Elle accentue le goût d'un baiser fraternel
      Et enlève sans peur son tee-shirt en viscose
      Pour laisser la voie libre à mon instinct charnel.

052   Je regarde assoiffé dans un lointain motel
      La prêtresse au gri-gri en bois de palissandre
      Qui remet en sueur son chandail bleu pastel
      Et jette sur mon sexe une poignée de cendre.

222   J'invente presque heureux de nouvelles gageures
      Auprès du montagnard qui me confie ses chèvres
      Et impose à ma soeur en l'accablant d'injures
      De se mettre à genoux et d'humecter ses lèvres.

077   Dans un château hanté en bordure du fleuve
      J'observe le tournoi par la porte entrouverte
      Pour qu'elle avoue sans honte au terme de l'épreuve
      Le terrible secret qui causera ma perte.

021   Du revers de la main, elle essuie sans pâlir
      Le front déjà perlé de gouttes de sueur
      De celui qui par jeu rêve de l'avilir
      En étant à la fois le mort et le tueur.

152   En soulignant le point d'un texte en bas-de-casse
        Je disculpe une sainte au tailleur bleu pétrole
        Qui m'impose de boire un remède efficace
        Et de la regarder sans dire une parole.

237   J'invente au bord d'un lac de funestes gageures
        Alors qu'avec dégoût un pasteur en haillons
        Viole et sodomise en l'abreuvant d'injures
        La maîtresse zélée de nerveux moussaillons.

092   Sur un sol argileux à l'ombre du hangar
        Elle ôte avec lenteur sa chemise de lin
        Et en se retournant pour croiser mon regard
        Elle accède au désir d'un sournois orphelin.

059   J'abroge sans frayeur une loi inhumaine
        Dans la suite impromptue d'un baiser innocent
        Pour étreindre à nouveau ma cousine germaine
        Sous le regard haineux d'un bébé ravissant.

102   J'observe une danseuse au collier de succin
        Dont le visage blême et le regard poignant
        Ne peuvent entraver mon funeste dessein
        De lui faire accomplir un travail répugnant.

036   Résignée à subir le sort inéluctable
        Que lui suggère un gnome au faciès repoussant
        Elle s'agrippe enfin au rebord de la table
        En regardant sa montre avec un air absent.

166   En avouant sans peur dans un champ rocailleux
        La fatigue à laquelle, en nage, je succombe
        J'abandonne ma proie à un môme orgueilleux
        Afin qu'il effectue le travail qui m'incombe.

105   Près du calvaire où mène une route en corniche
        Elle détache enfin son manteau d'astrakan
        Et malgré les remords du vieillard qui pleurniche
        Ordonne à un dompteur de lui mettre un carcan.

148   Je disculpe une biche aux cheveux vaporeux
        Qui s'allonge en tremblant à l'ombre d'un dolmen
        Et me promet soudain le combat dangereux
        Que borne ma frayeur de rompre son hymen.

108   Dans le taudis infect attenant au beffroi
        Où déclame un poème une souple consoeur
        Je repose nerveux mon bol de café froid
        Pour conclure un marché avec ma demi-soeur.

019   Pendant que se rechausse un jeune confesseur
      À l'issue d'une joute à l'âcre violence
      D'une voix éraillée, je suggère à ma soeur
      L'inceste qui sera le prix de mon silence.

012   Elle s'adosse au mur, le peignoir entrouvert
      Pour affronter debout un joueur de pibrock
      Dont la verve moqueuse et le regard pervers
      Annulent par avance un impossible troc.

136   J'explique sans erreur au bout d'un chemin sombre
      Le travail harassant que je vais entreprendre
      Pour feindre d'oublier entre les bras d'une ombre
      La déesse aux yeux verts dont je ne peux m'éprendre.

080   Sur la sente escarpée que ravine un torrent
      Elle ôte avec lenteur son manteau anthracite
      Sous le regard fiévreux du premier concurrent
      Qui confirme le choix d'un combat illicite.

177   J'écoute les yeux clos la nerveuse orpheline
      Qui s'allonge au-dessous d'un arbre centenaire
      Et enlève sa veste à col de zibeline
      Pour me donner la clef d'un monde imaginaire.

228 Distrait par le besoin de faire demi-tour
     J'abandonne un landau près du marais salant
     Pour m'enfuir sans projet ni espoir de retour
     Vers l'hôtel où ma bru monnaye son talent.

090 Sur le bord d'un canal loin de la jungle urbaine
     Elle m'offre en tremblant l'ineffable splendeur
     De son corps dénudé aussi noir que l'ébène
     Pour éteindre le feu qu'attise ma hideur.

109 J'observe une déesse au parfum capiteux
     Dont la taille de guêpe et le regard lubrique
     Me contraignent à boire un remède coûteux
     Avant de la plaquer contre le mur de brique.

225 En abrégeant un voeu qui me laisse perplexe
     Elle enlève sa montre et sa tenue gothique
     Et rampe avec ardeur vers un miroir convexe
     Afin de mettre en scène un poème érotique.

189 Elle ouvre la fenêtre avant de s'habiller
     D'un ensemble vert pomme ou jaune canari
     Et me donne une chose en train de babiller
     Afin que je renonce à gagner mon pari.

146 **D**ans un chalet en bois de la Suisse romande
J'embrasse avec vigueur une impure déesse
Pour ne pas adresser la verte réprimande
Que mérite un nabot dont j'envie la prouesse.

230 **A**lors que de nouveau un ancien professeur
Entraîne une ingénue vers un court de tennis
J'essaye d'oublier en regardant ma soeur
Que sa bouche pulpeuse affole mon pénis.

175 **P**endant qu'un villageois déverse sur ma soeur
Un flot mélodieux d'urine purulente
J'observe la traîtresse à l'extrême minceur
Qui enlève son châle et sa robe moulante.

138 **S**ans craindre le plaisir d'un ignoble métèque
Qui termine à ma place un travail dégoûtant
J'écarte les rideaux pour lui signer un chèque
Et repaître mes yeux d'un spectacle envoûtant.

182 **E**lle couvre de miel, sans comprendre mon voeu
Le manche d'un poignard incrusté de rubis
Avant que je le plonge à la lueur d'un feu
Dans du marc de raisin et du lait de brebis.

100   Dans un immense parc noyé dans le brouillard
      Où les arbres feuillus sont plantés en quinconce
      J'interroge d'un mot la veuve d'un pillard
      Dont l'enivrant parfum me donne la réponse.

024   La posture lascive elle enraye ma honte
      En retroussant un peu sa robe lamée d'or
      Pour retrancher du solde un nécessaire acompte
      Et surprendre les loups qui sont restés dehors.

006   J'assouvirai sans honte un odieux phantasme
      Dans un moulin à vent à l'écart du hameau
      Et j'offrirai les mots qui précèdent l'orgasme
      À l'épouse affamée de mon frère jumeau.

158   Pendant que disparaît un vaillant éboueur
      J'observe la nymphette aux yeux couleur d'azur
      Dont le visage exsangue inondé de sueur
      M'incite à me damner sans craindre le futur.

097   Elle déchire un peu l'image d'un apôtre
      Près d'une route obscure en surplomb de la Meurthe
      Pour m'aider à franchir en devenant une autre
      L'insurmontable obstacle où mon projet se heurte.

115   J'abandonne le temple où une ombre sommeille
      Pour saillir dans la boue après ses fiançailles
      La tigresse au teint clair et aux lèvres vermeilles
      Qui se fraye un chemin à travers les broussailles.

154   Alors qu'avec audace elle ôte son tchador
      Je lui avoue honteux un profond désarroi
      En couvrant d'un missel l'arme d'un picador
      Pour ne pas la contraindre à renier sa foi.

193   Je dépose envieux un crayon de couleur
      Sur sa veste grenat et son trop blanc fourreau
      En regardant ma bru se tordre de douleur
      Au centre de l'étable où mugit un taureau.

160   Dans le hangar où flotte une odeur de jasmin
      J'exprime mon souhait à la proie d'un vautour
      Qui enlève déjà son chemisier carmin
      Pour que j'ose fermer la porte à double tour.

219   Au bord du marigot où s'achève la rue
      Et avant l'examen qu'une vierge appréhende
      J'évoque une naïade aujourd'hui disparue
      Et le désir charnel que ma haine transcende.

247   Elle allègue en sueur une excuse plausible
Pour ôter lentement sa robe de brocart
Et se vendre au pandour qui crache sur ma bible
Dans le grenier à foin où je reste à l'écart.

134   En libérant un voeu des mots que je transpose
Pour clamer le besoin qu'il me faut satisfaire
J'écoute par hasard la nurse qui m'impose
D'ensevelir ma croix et de me laisser faire.

235   Unis par un secret que seul Dieu peut entendre
J'effleure de l'index la putain anémique
Qui verrouille la porte avec un regard tendre
Pour allaiter en string un enfant trisomique.

244   Malgré la fellation que ma soeur me prodigue
J'observe avec dégoût la jeune Suédoise
Qui attend mon accord au centre de la digue
Avant de ragrafer son tailleur bleu ardoise.

044   Dans un taudis immonde au milieu de la brousse
Je desserre d'un cran ma ceinture de cuir
En dévoilant mon rêve à la vestale rousse
Qui cherche dans mes yeux le moyen de s'enfuir.

132 Elle greffe une croix sur un jour de sabbat
En priant sous un if pour que tombe la foudre
Et disperse l'enjeu de son premier combat
Dans une énigme ardue que je devrai résoudre.

120 Pour convaincre un moutard qui joue dans la clairière
Près d'une route sombre entre Vendôme et Blois
Je bégaye une excuse à l'adroite guerrière
Dont le rire moqueur annule mon exploit.

057 Ne pouvant réprimer le désir qui m'obsède
Je la rejoins derrière une énorme futaille
Et, absous par le droit qu'un rôdeur me concède
Je m'apprête à livrer une rude bataille.

029 Dans un bois ténébreux aux abords de l'auberge
Elle jette un chardon sur du papier vélin
Sans comprendre un manant à la trop longue verge
Qui l'oblige à ôter son tailleur gris de lin.

180 Fort de l'assentiment de courtois malandrins
Je surveille une fée dans ma cabane en planches
Pour écrire avec joie mes plus sombres quatrains
Tandis que son neveu lui attrape les hanches.

140 En nage, elle remet son pantalon moulant
Pour terminer enfin l'épreuve obligatoire
Que j'observe muet dans mon fauteuil roulant
Avec le goût amer d'une injuste victoire.

016 Avant qu'un négrillon à la haine implacable
Ne l'oblige à porter un masque en terre glaise
Elle souligne en blanc un choix irrévocable
Et par défi s'avance au bord de la falaise.

147 Je tarde à remonter le col de ma vareuse
Pour suspendre une croix à la branche d'un hêtre
Laissant derrière moi la petite coureuse
Qu'un sobre vagabond découvrira peut-être.

056 Dans un vieux cabanon orné de quintefeuilles
J'ajoute à son missel d'innombrables signets
Afin qu'elle m'échange un trèfle à quatre feuilles
Contre l'écharpe en soie entravant ses poignets.

214 Pour adjoindre à mes vers quelques détails scabreux
J'enlace avec terreur la chrétienne farouche
Qui prononce à mi-voix une phrase en hébreu
À la gouine aux seins nus que ma verge effarouche.

188   Je contemple la nurse au visage anguleux
        Qui enchaîne un molosse à l'ombre d'une treille
        Et me donne une équerre et un crayon huileux
        Pour écrire une histoire à nulle autre pareille.

048   Sur le sentier longeant un ruisseau poissonneux
        J'accepte le défi que suggère un oracle
        Et dans un lit cerclé de buissons épineux
        Je conjure ma sœur d'accomplir un miracle.

101   Je disculpe sanglé dans un lourd uniforme
        Des soldats de couleur rentrant à la caserne
        Pour ne pas décevoir la gueuse filiforme
        Que j'entraîne soudain vers un champ de luzerne.

159   Dans le couloir étroit de mon humble chaumine
        Je renonce à blâmer la veuve d'un maroufle
        Qui endosse fourbue un manteau en hermine
        Pour me laisser le temps de reprendre mon souffle.

164   Avec l'espoir de vendre à un fier étalon
        La jument indomptée que mon regard fusille
        Je déverrouille enfin la porte du salon
        Pour ne pas arracher sa guêpière en résille.

008   Presque sans réfléchir, elle approuve son rôle
        Effleurant mon pénis de sa main diaphane
        Pour soustraire au butin que le diable contrôle
        Le scandaleux début d'une histoire profane.

135   J'observe dans un trou la femme aux cheveux d'or
        Qui reste sur la plage en cherchant à brunir
        Et offre son dédain au jeune matador
        Qui s'arroge en sueur le droit de la punir.

050   Se laissant prendre au jeu, elle ôte son corsage
        Derrière une chapelle à l'écart du chemin
        Et pour continuer un rapide massage
        Elle s'offre sans honte à son cousin germain.

009   Je contemple angoissé la veuve d'un mulâtre
        Qui dénoue les cordons d'un tablier en cuir
        Et rajoute en tremblant une bûche dans l'âtre
        Pour me donner le choix de combattre ou de fuir.

055   Disculpant au travers d'une glace sans tain
        Le fougueux avorton que ma sœur dépucelle
        J'accepte par avance un tragique destin
        Où s'enchaîne l'amour que ma honte morcelle.

144   Pour corrompre sans haine une alliée perfide
      Je grave quelques mots sur un vieil urinoir
      Avant de lui revendre une jeune sylphide
      Sur la route enneigée que traverse un chat noir.

176   Elle ajoute une encoche à sa queue de billard
      Et s'avance enroulée dans une peau de chèvre
      Pour instruire en sanglots l'honorable vieillard
      Que ronge lentement un cancer de la plèvre.

139   Je délaisse ma peur et mes joies éphémères
      Pour confier mon but à des enfants précoces
      Qui encerclent déjà pour instruire leurs mères
      Une baigneuse rousse en voyage de noces.

226   Alors que disparaît un enfant belliqueux
      De la caverne où geint une déesse accorte
      J'égrène avec ardeur un chapelet visqueux
      Pour ne pas m'endormir dans les bras d'une morte.

145   Une jeune orpheline en déshabillé rose
      Susurre à mon oreille une âcre confidence
      Et jette une craie bleue devant un texte en prose
      Pour m'octroyer le droit de nier l'évidence.

169　En troquant un sermon par le chantage abject
　　　Que suggère à voix basse un ami dévoué
　　　Je contemple ma bru dans le sous-sol infect
　　　Où trépigne de joie un moutard surdoué.

053　J'observe en murmurant quelques pensées absconses
　　　La veuve au bandeau noir dont le jeu me provoque
　　　Et qui s'allonge nue sur un tapis de ronces
　　　En m'adressant enfin un regard équivoque.

149　Dans un sous-bois obscur où grouillent les cloportes
　　　Qui l'encerclent sans honte et dégainent leurs armes
　　　Pour ne pas abîmer de belles feuilles mortes
　　　Elle courbe l'échine en retenant ses larmes.

197　Je contemple masqué par un haineux courroux
　　　Dans un bateau de mer voguant sur la Dordogne
　　　La nurse aux seins pointus et aux longs cheveux roux
　　　Qui m'accorde un délai pour finir ma besogne.

178　Alors que se rapproche un nouveau partenaire
　　　Sur le sentier venteux surplombant le collège
　　　J'encourage une sainte au visage lunaire
　　　Dont les cris de douleur ponctuent mon florilège.

032 Elle se déshabille en bordure d'un gouffre
   Pour me contraindre à rompre un pacte monstrueux
   Et caressant mon dard pour l'enduire de soufre
   M'exhorte à lui servir un potage onctueux.

010 J'observe sans rougir, debout dans la pénombre
   Le garçonnet crépu qui pose son cartable
   Pour lécher les seins blancs à l'aréole sombre
   D'une fermière rousse allongée dans l'étable.

171 Alors qu'une catin prend un air séraphique
   J'écoute les conseils d'un vigoureux aïeul
   Sans juger une nonne au buste magnifique
   Qui enterre sa croix à l'ombre d'un tilleul.

040 Pour les mots contenus dans un pacte scellé
   Je m'efface du jeu malgré la gaucherie
   Du fourbe adolescent au visage grêlé
   Qui déflore ma sœur dans une porcherie.

088 Même si je devrai manquer de hardiesse
   Ayant déjà perdu ma bague et mon emploi
   Je m'approche en sueur d'une blonde déesse
   Dont le regard m'incite à enfreindre la loi.

153 J'irai un soir d'hiver avec un seul comparse
Devant l'église en bois d'un quartier miséreux
Pour arracher enfin la robe d'une garce
Et obtenir mon dû sans tomber amoureux.

095 En remplissant de gin un verre en baccarat
J'écrase de mon pied une vieille écritoire
Pour une châtelaine au tailleur nacarat
Dont le sourire étrange annonce ma victoire.

112 Elle enlève sans crainte au-dessous d'un tilleul
Son écharpe de soie et sa robe chasuble
Et s'allonge devant un hargneux épagneul
Pour m'aider à résoudre un problème insoluble.

137 Je pose mon crayon sur une idée fumeuse
Pour atteindre le port avant la marée haute
Et haïr sans témoin une jeune allumeuse
Qui cherche mon signal pour expier sa faute.

111 Après avoir réglé un maraud boutonneux
Qui me laisse le choix de faire demi-tour
J'effleure le muret du jardin buissonneux
Où je tarde à m'asseoir pour attendre mon tour.

155 Je pardonne au jouteur cloué sur son grabat
   Qui interrompt ma bru par un ordre formel
   Et change tout à coup les règles du combat
   Pendant qu'elle défait sa veste de murmel.

221 Dans un vert pâturage au bord de l'océan
   J'abandonne d'un mot une adroite maîtresse
   Au fougueux géniteur de presque quatorze ans
   Dont le cri de triomphe accentue ma détresse.

038 Pour contraindre une idole à passer aux aveux
   Je l'entraîne muet dans un sombre dortoir
   Où compte son argent le cupide morveux
   Qui oblige ma soeur à faire le trottoir.

051 Dans un immeuble gris au centre d'Argenteuil
   J'éloigne le berceau qu'un nourrisson occupe
   Et m'installe en sueur dans un profond fauteuil
   Pour lui laisser le temps de rabattre sa jupe.

027 Blême, elle se dénude auprès d'un lit de sangle
   Pour m'apprendre les mots que je devrai connaître
   Et balayant le rêve où son époux l'étrangle
   Elle invente le fils qui ne pourra pas naître.

233   Je lègue à mon neveu le texte sensuel
Que dans sa robe mauve une garce édulcore
Avant de commencer le travail manuel
Qu'exige un marabout que je vénère encore.

007   En contrebas du pont qui enjambe le fleuve
Muette, elle s'agrippe aux herbes d'un talus
Pour qu'achève en sueur une troublante épreuve
Le père d'un soldat de l'armée du Salut.

185   À la lueur d'un feu qu'une garce tisonne
Je cherche sans espoir le moyen de m'extraire
De l'insondable gouffre où ma croix m'emprisonne
En bornant un travail que je devrai refaire.

033   Elle ôte sans pudeur son maillot de bain noir
Pour m'obliger à rompre un silence angoissant
Et dans le bois touffu qui jouxte le manoir
M'astreint au dur travail d'un mari impuissant.

165   Alors que m'abandonne une fourbe pauvresse
Dans sa bien trop jolie robe de mariée
Je rejoins en pleurant la fougueuse négresse
Qui dans neuf mois vendra mon fils à la criée.

203   Pour ne pas décevoir une idole superbe
      Je m'abreuve de rhum et de champagne brut
      En écoutant bramer le serviteur imberbe
      Qui engrosse à ma place une femelle en rut.

064   Près du chemin boueux où se dévêt une ombre
      Je sculpte un svastika sur un bâton rigide
      Pour qu'elle pense encore à une auberge sombre
      Et au colosse noir qui l'a rendue frigide.

141   Alors que disparaît une étoile filante
      En me laissant déjà perdu dans la tourmente
      Je dirige mes yeux vers une postulante
      Qui suce avec lenteur un bonbon à la menthe.

030   Dans la venelle en pente où rôde une gitane
      Je dompterai ma bru par un point de doctrine
      Pour qu'elle déboutonne à l'ombre d'un platane
      Le chemisier de soie qui moule sa poitrine.

023   Dans la chambre exiguë d'un hôtel mal famé
      J'écoute sans blêmir la jeune virtuose
      Qui jette sur le lit sa robe en macramé
      En m'avouant le but que ma sœur lui impose.

042   Je l'observe en silence avant qu'elle ne bouge
      Enivré du parfum de sa peau veloutée
      En écrasant honteux un bâton de craie rouge
      Sur le mur en parpaing d'une cave voûtée.

049   Sur le chemin neigeux bordant le littoral
      J'escorte une putain dont le calme trompeur
      Me prépare à livrer un duel immoral
      Où l'amour se mélange à la haine et la peur.

123   Alors que je démembre une poupée de glaise
      Elle marche vers moi d'un pas majestueux
      Pour vaincre par devoir la jeune Togolaise
      Qui s'apprête à m'offrir un cadeau somptueux.

081   Elle enlève sa robe en jersey de coton
      En gardant par défi son anneau nuptial
      Sans craindre la fureur du sournois marmiton
      Qui promet de livrer un combat bestial.

087   Parfois je rêve encor de la fille au teint hâve
      Qui crut en mon amour sur le sentier pierreux
      Contournant le hameau et d'une voix suave
      M'offrit avec bravoure un voyage onéreux.

018   À la tombée du jour, elle écarte les jambes
      Sur un sol siliceux où fleurit la bruyère
      Et se donne en pâture à des vieillards ingambes
      Pour apaiser la faim d'une chaste écuyère.

173   Tandis qu'un marabout parachève mon oeuvre
      En dessinant un rond à l'encre indélébile
      Je contemple le buste orné d'une couleuvre
      De la caissière en string d'un manège immobile.

001   Elle accepte le jeu d'habiles ramoneurs
      Dans un parc entouré par des maisons cossues
      En offrant son talent à des enfants mineurs
      Qui lui feront l'amour sur des pierres moussues.

211   Je rajoute une bague ornée d'un diamant
      Au bénéfice net qu'un sauveteur calcule
      Pour acheter aussi le bon médicament
      De la jeune effrontée que son beau-père encule.

086   Quand le dernier tanker s'éloigne à l'horizon
      Je disculpe une garce à la beauté divine
      Qui déboutonne un peu son manteau de vison
      Et m'entraîne en silence au bord de la ravine.

063   Sous le pont où bifurque un chemin de rocaille
        Je lui dirai les mots qu'elle accepte d'entendre
        Et j'ôterai soudain ses lunettes d'écaille
        En lui donnant le droit de ne pas se défendre.

076   Elle baisse les yeux et avec impudeur
        Dans un bruyant hôtel de la butte Montmartre
        Saupoudre sur mes vers l'indicible splendeur
        De son corps dénudé sous un manteau de martre.

245   Pendant que se consume un étroit florilège
        J'exhorte le Seigneur de changer mon destin
        Sans voir une lionne au soutien-gorge beige
        Agripper l'accoudoir d'un fauteuil en rotin.

122   Auprès d'une pimbêche à la culotte pourpre
        J'enlève en frissonnant ma trop large pelisse
        Pour scruter l'horizon que le soleil empourpre
        Et boire un peu de rhum avant d'entrer en lice.

127   Il me souvient parfois à l'apogée d'un rêve
        De ses cheveux auburn recouvrant sa poitrine
        Et son espoir soudain d'une improbable trêve
        Pour serrer dans ses bras une Monténégrine.

215   Elle attend presque nue que ma fièvre décroisse
      Pour jeter dans la braise une croix en vermeil
      Et que je réalise au comble de l'angoisse
      Le rêve incestueux qui hante mon sommeil.

068   J'oublierai la fureur de ses amants célèbres
      Et sous une tonnelle où grimpent les glycines
      Je l'accompagnerai aux confins des ténèbres
      Pour couper en sanglots le mal dans ses racines.

099   Près du port où bifurque une route en asphalte
      J'évoque avec ardeur l'histoire d'un trouvère
      À une lycéenne au collier de basalte
      Qui étend sa tunique à l'ombre du calvaire.

113   Alors qu'un moricaud travaille avec entrain
      Elle prend sur la table un couteau de cuisine
      Pour joindre une exégèse à mon dernier quatrain
      Où se reconnaîtra une maigre voisine.

210   Mais comment avouer au risque de tout perdre
      L'impérieux besoin qui ébranle ma foi
      Et oser sans rougir en bordure de l'Erdre
      Combattre enfin ma soeur pour la dernière fois.

026   Crachant sur le berceau où un monstre s'endort
        Une baby-sitter au regard sensuel
        M'ordonne de la suivre au bout du corridor
        Pour teindre en rouge et blanc la fin d'un jeu cruel.

240   Je remets en sueur mon pantalon boueux
        Dans le froid bungalow qu'une garce inaugure
        En clouant son destin entre les doigts noueux
        Du morose vieillard que la joie transfigure.

207   Avec l'unique espoir de la rejoindre ailleurs
        Je marche à reculons dans un champ en jachère
        Sans craindre le scalpel du fourbe travailleur
        Qui débande les yeux d'une adroite gauchère.

125   Puisqu'il me faut troquer contre mon auréole
        Le spectacle ennuyeux dont je ne peux m'abstraire
        Je me rapproche enfin de la jeune créole
        Qui, en se retournant, m'adjure de me taire.

234   Je m'éloigne nerveux d'une svelte guerrière
        Au visage criblé de taches de rousseur
        Pour apprendre mon rôle au fond de la clairière
        Tandis qu'elle dénoue le chignon de ma soeur.

106   Tandis qu'une putain se baigne dans la Mouge
       J'attends sous un ormeau l'heure du crépuscule
       En frôlant de mon doigt le manche d'une gouge
       Et ma trousse encombrée d'un modeste pécule.

191   En exhibant ma croix au sorcier du Gabon
       Qui me jette au visage un journal clandestin
       Je blâme la pucelle au string rose bonbon
       Qui déguste à genoux un somptueux festin.

179   J'observe la tigresse aux cheveux vaporeux
       Qui se penche au-dessus d'une baignoire en fonte
       Pour laper en nuisette un champagne onéreux
       Et m'offrir un bâtard pour solde de tout compte.

217   Elle déploie soudain une toile de jute
       Au coeur d'une forêt aux chênes blancs de givre
       Pour comprendre l'enjeu d'une féconde lutte
       Sans tourner à rebours les pages de mon livre.

220   Alors que sans me voir une chienne indomptable
       Remet son caraco près d'un lit de fourrage
       J'attends qu'un métayer s'éloigne de l'étable
       Pour bondir sur ma proie en écumant de rage.

015　À l'ultime détour d'un sentier tortueux
　　　Elle ajoute des points à un confiteor
　　　En comprenant le but d'un frère incestueux
　　　Qui retire inquiet son alliance en or.

047　Pendant qu'un écolier lui relate l'histoire
　　　Des valeureux soldats que furent les spahis
　　　Elle cherche une porte au fond du réfectoire
　　　En effleurant du doigt un épi de maïs.

084　J'abandonne à ma soeur une muse narquoise
　　　Qui monte avec orgueil l'escalier à spirale
　　　Et me laisse admirer sa culotte turquoise
　　　En formulant un voeu contraire à la morale.

174　Comment ne pas rêver de leurs mines funèbres
　　　De leurs sexes trop lourds et des odeurs putrides
　　　S'élevant du marais plongé dans les ténèbres
　　　Où hurlaient de douleur des nymphes apatrides.

143　Je brûlerai demain mon vieux dictionnaire
　　　Pour mettre un point final à une vie austère
　　　Et j'attendrai la mort d'un fou visionnaire
　　　En léchant les tétons d'une femme adultère.

161   Alors qu'une putain me donne carte blanche
       Et jette auprès du feu sa robe en organdi
       J'arrache de mon livre une autre page blanche
       Pour juger le travail d'un enfant dégourdi.

212   Je contemple muet la féroce négresse
       Qui s'éloigne à pas lents d'un chemin vicinal
       Et me propose enfin en dénouant sa tresse
       Un baiser langoureux et un coït anal.

216   Elle accepte en sanglots de tenir sa promesse
       Adossée à un chêne à la rugueuse écorce
       Pendant que je termine à l'heure de la messe
       Un rapport sexuel imposé par la force.

037   Le visage fardé d'une pâleur mortelle
       Elle supplie en vain le fiévreux mercenaire
       Qui lui enjoint d'ôter sa robe de dentelle
       Pour connaître le goût d'un combat sanguinaire.

242   Je mélange ma haine à une foi robuste
       Au bord de la tourbière où un monstre dégrafe
       Le corset vermillon qui enserre le buste
       De la veuve meurtrie d'un auteur pornographe.

017 **M**ais comment oublier la beauté sculpturale
D'une écuyère blonde au sourire enjôleur
Qui m'offrit en pleurant une lutte immorale
Sous les propos fielleux d'un homme de couleur.

198 **J**e me rapproche avec ma bouteille d'absinthe
De l'évier en métal qu'une louve récure
Pour lui offrir au lieu d'une trop longue étreinte
La juvénile ardeur que la haine procure.

243 **A**vant qu'un lionceau ne monte sur le ring
J'enlace avec dédain la visqueuse soubrette
Qui suggère à ma bru de retirer son string
Et de cambrer les reins en position levrette.

074 **E**lle enlève sa robe en frémissant d'horreur
En haut d'un escalier de marbre bleu turquin
Pour se battre courbée sans honte ni fureur
Dans le duel qu'impose un gourou africain.

163 **L**oin du jardin d'hiver d'une sombre villa
Je cherche le prénom de la Sénégalaise
Qui défait son manteau à col de chinchilla
Pour me rejoindre en string au bord de la falaise.

124   Entre un troupeau de gueux et une châtelaine
        Je lorgne avec effroi derrière un guérisseur
        La fermeture Eclair de son gilet de laine
        Avec l'espoir qu'un fou descende le curseur.

241   Juste avant de partir vers les bas-fonds d'Auteuil
        Elle remet ses boots et sa robe de moire
        Tandis que se cramponne au dossier d'un fauteuil
        L'héroïne aux yeux bleus de mon prochain grimoire.

082   Sur le contour poisseux d'une effroyable errance
        J'observe l'ange noir qui referme mon livre
        Et dénoue le lien de son peignoir garance
        M'offrant sa nudité pour me contraindre à vivre.